ALFAGUARA

Cuentos de Todo y de Nada

Martha Sastrías

Ilustración de cubierta:
ENRIQUE MARTÍNEZ Y LUIS SAN VICENTE

CUENTOS DE TODO Y DE NADA
© Del texto: 1994, Martha Sastrías

© D.R. De esta edición:1999
Aguilar, Altea,Taurus, Alfaguara, S.A. de C.V.
Av. Universidad 767, Col. del Valle
México, 03100, D.F. Teléfono 688 8966

ALFAGUARA M.R.

Alfaguara es un sello editorial del Grupo Santillana.
Éstas son sus sedes:

Argentina, Bolivia, Chile, Colombia, Costa Rica, Ecuador,
El Salvador, España, Estados Unidos, Guatemala, México,
Panamá, Perú, Puerto Rico, República Dominicana,
Uruguay y Venezuela.

Primera edición en Alfaguara: febrero de 1999

ISBN: 968-19-0551-2

Diseño de la colección: José Crespo, Rosa Marín, Jesús Sanz
Diseño y formación: Fernando Ruiz Zaragoza
© Ilustraciones de Enrique Martínez y Luis San Vicente

Impreso en México

Todos los derechos reservados. Esta publicación no puede ser reproducida,
ni en todo ni en parte, ni registrada en o transmitida por un sistema de
recuperación de información, en ninguna forma ni por ningún medio,
sea mecánico, fotoquímico, electrónico, magnético, electroóptico, por
fotocopia o cualquier otro, sin el permiso previo, por escrito, de la editorial.

Cuentos de Todo y de Nada

Todomago

El silencio y la luz de los rayos que iluminaron la recámara despertaron a Óscar. No se oía el sonido del mar, ni el tic tac del reloj junto a su cama, ni el sonido de la lluvia en la ventana, ni los truenos, ni el rechinido de la puerta que siempre sonaba cuando el aire soplaba fuerte.

El silencio llenó de terror a Óscar. Saltó de la cama y corrió a despertar a su mamá.

—Tengo miedo —dijo en voz muy baja.

La madre, adormilada, encendió la lámpara, a pesar de que la recámara se iluminaba constantemente con la luz de los relámpagos.

Óscar, llorando, la abrazó.

—Tengo mucho miedo —repitió.

—¿Qué pasa?

—No se oye ningún ruido. El silencio me asusta.

—¿Qué quieres escuchar? Son las cuatro de la mañana. A esta hora no tiene por qué haber ruido —contestó su madre tratando de calmarlo.

—¿Oyes el ruido del mar? —preguntó Óscar—, ¿oyes los truenos?, ¿oyes el agua en la ventana?

La madre guardó silencio y trató de escuchar. Se levantó de la cama y miró por la ventana. El viento sacudía las palmeras con fuerza y el agua golpeaba los cristales. Los rayos encendían el cielo y las olas gigantes chocaban contra las rocas cubriéndolas por completo. Sin embargo, no se oía nada. El silencio era aterrador. La mamá de Óscar también se asustó.

—Llamaré a los vecinos, quizá sepan qué está pasando.

Descolgó el teléfono pero no escuchó el tono para marcar. Colgó y descolgó el auricular varias veces pero no se oía ruido alguno.

Rápidamente se vistió, se puso un impermeable y unas botas de hule. En medio de la tormenta salió a llamar a sus vecinos Raúl y Mónica.

Tocó la campana de la entrada, no se oyó, tocó la puerta con fuerza, tampoco se oyó nada. Tocó en todas las ventanas, silencio total.

Corrió de regreso a casa. Óscar, enfundado en su impermeable y en sus botas, la esperaba en la entrada. Se quedaron ahí por varios minutos, asustados y sin saber qué hacer. El silencio continuó, era como si estuvieran encerrados en un cuarto a prueba de ruido.

Cuando la tormenta se calmó fueron de nuevo a buscar a sus vecinos. Al llegar a la puerta, ésta se abrió y Raúl y Mónica salieron con cara de

asustados, y su hija Mariana no dejaba de llorar.

—Íbamos a buscarlos —dijeron al ver a Óscar y a su madre.

—¿Qué sucede? No se oye nada. ¿Qué es este silencio?

Todos callaron y miraron el mar frente a ellos. Las olas bravas se estrellaban contra las rocas y la arena sin hacer ruido. El silencio era total, solamente se oían las voces de las personas.

Poco a poco fue llegando a la playa toda la gente que vivía en la aldea. No entendían por qué no había ningún sonido.

Después de las cinco de la mañana el sol hizo su aparición y la lluvia torrencial se apaciguó, sólo una llovizna tibia caía sin cesar.

Las personas de la aldea, más calmadas, no dejaban de preguntarse qué estaba sucediendo.

—¿Será que nos hemos quedado sordos? —preguntaban algunos.

—No puede ser, si oímos nuestras voces no estamos sordos —respondían otros.

Por ratos largos guardaban silencio esperando que los sonidos se escucharan de nuevo. Luego volvían a hacerse mil y un preguntas.

—Tendremos que investigar lo que está sucediendo —dijo Raúl dirigiéndose a toda la gente—. Nos dividiremos en grupos y saldremos a buscar la causa de este silencio.

Óscar, Mariana y Javier formaron un grupo; juntos no sentirían tanto miedo. Los grupos de aldeanos tomaron diferentes caminos.

Óscar, Mariana y Javier subieron por las rocas de un alto acantilado, un camino bien conocido por ellos, ya que iban a menudo a jugar a la punta y a ver el otro lado del mar, el que no se veía desde la aldea. Pero nunca habían explorado los alrededores, y esta vez tampoco lo hicieron, no fue necesario por-

que al llegar al otro lado descubrieron una barca extraña anclada en la playa.

Con mucho cuidado bajaron hasta la orilla. Más de una vez resbalaron, la tierra estaba lodosa y las rocas tenían mucho musgo.

Cuando llegaron a la playa y vieron la embarcación de cerca no podían creer que eso flotara. Era un plato gigante forrado con una tela azul, encima tenía una casa de campaña y alrededor colgaban botellas de agua y latas de comida. Junto a la tienda se encontraba un hombre alto y delgado que vestía pantalón rojo, no llevaba camisa y un gran sombrero cubría su cabeza.

Desde lejos Óscar, Mariana y Javier lo observaron. El hombre hacía movimientos raros con las manos y los brazos. Se quitaba el sombrero y le daba golpes con una vara. Extendía sobre la tienda de campaña una manta parecida a una cortina, después la quitaba bruscamente.

Los niños se acercaron. Al llegar junto a la extraña barca se detuvieron frente al hombre. Estaba tan atento a lo que hacía que no los vio. Movió y extendió la manta muchas veces hasta que de pronto apareció una foca a sus pies. El hombre la acarició, le echó la manta encima, la quitó de inmediato y la foca ya no estaba ahí. Después el hombre sacó de la tienda una manta mucho más grande y la sostuvo con las manos. El aire la movía para todos lados, la manta se elevó como si fuera a volar. Con un movimiento rápido el hombre la enrolló y miles de pájaros aparecieron. Los niños no hicieron ningún movimiento, no podían dejar de ver al hombre.

—Seguro es un mago —pensaron los tres.

Y no estaban equivocados, el hombre era el famoso Todomago, quien acostumbraba lanzarse al mar

en su peculiar embarcación para hacer sus prácticas de magia antes de presentarlas al público. Todomago tenía bien ganado el nombre, podía hacer todos los trucos del mundo de la magia, y era el inventor de todos los trucos nuevos.

Claro que a Todomago le disgustaba que lo espiaran, por eso se escondía en el mar, para que nadie descubriera sus secretos. Al ver a los niños los corrió a gritos.

Óscar, Mariana y Javier no se movieron, sabían que habían encontrado a la persona indicada para solucionar su problema.

—Vamos, niños, no tienen nada que hacer aquí. Regresen por donde vinieron.

—No nos iremos —dijo Óscar, quien había recuperado el valor, igual que sus amigos.

—Necesitamos hablar con usted —agregó Mariana.

—Tenemos un grave problema en nuestra aldea y usted puede ayudarnos —suplicó Javier.

—Está bien, suban —aceptó Todomago.

Los niños se metieron al agua y con ayuda del mago subieron al plato-barca o a la barca-plato, es lo mismo.

—¿Qué problema hay en la aldea que es tan importante que yo sepa?

—Los ruidos han desaparecido —contestaron los tres—. No se oye nada, sólo las voces de los humanos. Tampoco se oyen los ladridos de los perros, ni el maullido de los gatos, ni el canto de las gaviotas, nada, nada, sólo las voces humanas.

Todomago palideció. No habló.

—Sospecho que me equivoqué en algún truco e hice que los ruidos de la aldea desaparecieran —pensó.

No dijo nada a los niños y siguió pensando.

—Éste sí que es un grave problema. Jamás he desaparecido ruidos. No sabré cómo aparecerlos de nuevo.

Los niños miraron cómo la cara de Todomago cambiaba de color, y descubrieron su preocupación.

—Usted hizo que los ruidos de nuestra aldea desaparecieran, ¿no es así? —gritó Óscar.

Todomago miró a los niños por un momento. No tuvo otro remedio que confesarles la verdad. Les contó que estaba ensayando un truco sensacional, algo que ningún mago había logrado jamás: desaparecer y aparecer una aldea completa. Pero el truco no le había salido bien y seguramente durante los ensayos lo único que había logrado desaparecer, sin darse cuenta, eran los ruidos de la aldea.

—Lo peor del caso —agregó— es que no tengo idea de cómo volverlos a aparecer.

Los niños en ese instante perdieron el valor que habían recuperado.

—¿Nunca más volveremos a oír el mar, las campanas, el ruido del agua, el canto de los pájaros, el ruido de las hojas de nuestros cuadernos, el clic de los broches de nuestras chamarras, el ruido de los motores de las lanchas y todos nuestros ruidos? ¿Estaremos siempre dentro del silencio? —preguntaron descorazonados.

—Un momento —interrumpió—. Prometo ponerme a trabajar hasta aparecer los ruidos de su aldea, por algo soy Todomago.

Entró a la casa de campaña y sacó varios espejos, un ventilador gigante y una aspiradora. Puso los espejos en el piso de la barca. Colocó el ventilador sobre unas cajas y dejó la aspiradora cerca de él. Empezó a hacer pruebas que los niños no entendieron. Pasó la aspiradora por los espejos y brincó de contento. Después encendió el ventilador, millones de partículas de polvo se movieron vertiginosamente y se posaron en los espejos.

—Así no —gritó.

Por largo rato probó y comprobó sus trucos.

Pasó la manta gigante por todos lados, por los espejos, por el ventilador, por encima de las botellas de agua, por encima de los niños.

Muchas cosas pasaron mientras Todomago hacía sus pruebas: el agua alrededor de la barca cambió de color, tres focas aparecieron, desaparecieron y volvieron a aparecer pero no en la barca sino en la aldea.

La aldea se llenó con todas las cosas que el gran mago había desaparecido en sus famosas funciones de magia: el tren más largo del mundo, la estatua más alta de la ciudad más grande del mundo, un avión con pasajeros, elefantes, tigres, hasta una muralla.

Ni Todomago ni los niños sabían que esto estaba sucediendo. A Todomago lo único que le interesaba era descubrir el truco para regresar los ruidos a su lugar, por eso no se dio cuenta de que lo que estaba haciendo era aparecer todo en la aldea menos los sonidos.

Por un rato los niños se metieron en la tienda de campaña de Todomago, había mil y un cosas para hacer magia: varitas mágicas, pañuelos, conejos, guillotinas, cajas que se abrían por todos lados, pelotas transparentes... Entre todas estas cosas encontraron el pequeño libro *Nada es imposible en el mundo de la magia. Encuentre aquí el truco que desee hacer*.

Mariana abrió el libro en una página que decía: "Cómo aparecer y desaparecer ruidos".

Emocionada se lo mostró a sus amigos y salieron a enseñárselo al mago.

—¡Bah! Ese libro no sirve de nada. Está pasado de moda —Todomago no les hizo el menor caso.

Los niños continuaron leyendo:

Para aparecer ruidos siga los siguientes pasos:

1. Salga una noche de luna llena y capture cien grillos vivos.

—Eso no será fácil pero lo podremos hacer —comentaron los tres amigos.

2. Consiga el sombrero de un mago famoso.

—Fácil, Todomago nos prestará el suyo.

3. Eche los cien grillos en el sombrero.

4. Consiga las palabras mágicas para aparecer ruidos. Las podrá preguntar al abuelo de cualquier mago famoso.

Los niños corrieron a preguntarle a Todomago si todavía vivía su abuelo.

—Murió la semana pasada —respondió y derramó algunas lágrimas.

—Lo sentimos mucho —murmuraron los tres amigos, más decepcionados que tristes.

Cerraron el libro. Tendrían que confiar en Todomago.

—¡Lo tengo! —gritó—. Al fin lo he logrado. He aquí el mejor truco de mi vida.

Llamó a los niños, les pidió que se tomaran de la mano y que rodearan la pequeña manta que tenía extendida en el suelo.

Los niños obedecieron. El mago se concentró. Con la mano derecha tomó el centro de la manta y con gran rapidez la levantó y la extendió al aire. En ese momento el silencio terminó y se oyó el ruido del mar, el canto de los pájaros, el golpe de la barca contra el agua, en fin, todos, todos los ruidos.

Los niños gritaron de alegría.

—Regresen a la aldea —ordenó Todomago—. Escucharán los ruidos y sonidos que siempre han oído.

—¿Cómo lo hiciste? Cuéntanos el truco, no se lo diremos a nadie.

—Un mago jamás revela sus secretos. Así que márchense ya. Por favor no platiquen lo que aquí pasó.

Un poco disgustados, los niños prometieron no hablar de Todomago ni de su magia. Corrieron de vuelta a la aldea. Estaba vacía, nadie había llegado aún. En realidad, en la aldea no había personas pero estaba llena de cosas y animales. El ruido era terrible, los animales gritaban, el avión hacía un ruido infernal, el tren más grande del mundo zumbaba. Los niños tuvieron que taparse los oídos pues no soportaban el escandaloso ruido.

A los pocos minutos empezó a regresar la gente. Por supuesto ninguno había encontrado la causa del problema. Tan pronto entraron, los animales y las cosas raras desaparecieron y los acostumbrados ruidos se escucharon con claridad. Por todos lados se oyeron los gritos de alegría de los aldeanos. Nadie entendía por qué habían desaparecido los ruidos y cómo habían regresado.

—Parece obra de magia —alguien comentó.

Óscar, Mariana y Javier se miraron de reojo y sonrieron.

—Una promesa es una promesa —pensaron.

Siempre o nunca
de vez en cuando

Cerca de Jamás había un pueblo llamado Nunca. Ahí vivían las señoras que nunca se cortaban las uñas, los señores que nunca se rasuraban, los niños que nunca metían goles, los gallos que nunca cantaban, los pericos que nunca hablaban, los niños y niñas que nunca se lavaban los dientes, las vacas que nunca daban leche, los perros que nunca ladraban, los topos que nunca salían de su madriguera y todos los nunca, nunca, nunca...

El pueblo tenía una iglesia, una escuela y un supermercado. Pero los

niños nunca iban a la escuela, la maestra nunca llegaba a tiempo y al director nunca se le veía. La iglesia nunca abría sus puertas y el supermercado tuvo que cerrar porque la gente nunca pagaba las cuentas.

Todos los habitantes eran gordos pues nunca dejaban de comer. Sólo el alcalde era mitad gordo y mitad delgado. Tenía la cara, los brazos y el estómago muy gordos, y la cadera y las piernas flacas. Era la única persona que todas las tardes se ausentaba del pueblo. Los demás nunca salían de ahí.

A las doce en punto el alcalde aflojaba las piernas y emprendía la carrera de cinco kilómetros, que era la distancia entre Nunca y el pueblo al que iba por las tardes. Llegaba a las doce treinta, respiraba hondo e inhalaba el fresco olor del pueblo que llamaban Siempre. En ese lugar vivían los niños y niñas que siempre hacían la tarea, los señores que siempre estaban de buen humor, los pasteleros que siempre hacían ricos pasteles, los búhos que siempre estaban despiertos, los niños y niñas que siempre obedecían a sus padres, los grillos que siempre cantaban por las noches, las gallinas que siempre ponían huevos, los ratones que siempre robaban queso, los niños que siempre se iban temprano a la cama y todos los siempre, siempre, siempre...

La iglesia siempre estaba abierta, y el director de la escuela siempre estaba en su oficina atendiendo a los niños, a los maestros y a los padres.

El alcalde no tenía mucho trabajo pues las cosas siempre marchaban bien. Por las noches, cuando todos en el pueblo dormían, tomaba una lámpara de mano, hacía ejercicios de calentamiento, estiraba las piernas y emprendía la carrera de ocho kilómetros para llegar a dormir a su casa en otro pueblo vecino.

En Pueblo Nunca las cosas nunca cambiaban y en Pueblo Siempre las cosas siempre estaban igual, hasta que un día empezaron a desaparecer algunas personas en los dos pueblos.

El alcalde nunca se dio cuenta de lo que sucedía en Nunca y pensaba que todo marchaba bien en Siempre. Y es que cada vez que desaparecía algún nunca o algún siempre llegaban otros nuncas y otros siempres.

Llegó el momento en que el alcalde se cansó de ser tres personas en una, por las mañanas era un nunqueño (así se les decía a los que vivían en Nunca), por las tardes, un siempreño y por las noches, un hombre muerto de aburrimiento.

Un mediodía a las doce, ni un minuto más, ni un minuto menos, sacudió las piernas con más vigor que de costumbre, corrió en el mismo sitio a gran velocidad y arrancó. Avanzó uno, dos, tres, cinco, diez, trece kilómetros hasta llegar al pueblo donde pasaba las noches y no volvió a salir de ahí.

Los nunqueños no extrañaron al alcalde pues nunca veían cuándo llegaba y cuándo salía del pueblo. Los siempreños sí se dieron cuenta de su ausencia pues siempre estaban atentos a su llegada.

Las cosas en Pueblo Nunca nunca fueron iguales desde el día en que el alcalde huyó, y en Pueblo Siempre siempre estaban esperando su regreso.

Después de un tiempo los nunqueños empezaron a extrañarlo y los siempreños se cansaron de esperarlo. Un mismo día a la misma hora un grupo de niños nunca y de niños siempre se reunieron en la plaza de su pueblo y decidieron salir en busca del hombre mitad gordo y mitad flaco. A los grupos se unieron señoras, señores y jóvenes que nunca hacían nada, y chicos y grandes que siempre encontraban todo lo que se perdía. Cada grupo, por su lado, salió a buscar al alcalde desaparecido.

Los nunqueños salieron cargados de bolsas de comida por eso de que nunca dejaban de comer.

Los siempreños sólo llevaban una bolsa con una fruta y una botella de agua pues siempre comían poco para guardar la línea.

Los nunqueños tuvieron serias dificultades; como nunca veían por dónde caminaban cayeron a un barranco con todo y su cargamento y tardaron varias horas en volver a encontrar el camino. Las señoras que nunca habían subido una cuesta con el sol sobre la cabeza empezaron a derretirse por el sudor. Los señores que nunca movían las piernas sentían que se desarmaban. Los nunqueños nunca la habían pasado tan mal.

Los siempreños caminaban ligeros por la carretera, siempre risueños

y atentos al camino, ningún trope-
zón y por supuesto ninguna caída al
barranco. Las señoras siempre fres-
cas, los señores siempre fuertes y sin
señales de cansancio y los niños siempre obedeciendo a sus padres y can-
tando canciones de excursionistas.

A pesar de los tropiezos y retra-
so de los nunqueños, y del orden en
la marcha de los siempreños, todos
llegaron al mismo tiempo al pueblo
en donde se encontraba el alcalde. Al
verlo tan tranquilo y sin remordimien-
to por haberlos abandonado, los que
nunca se enojaban estaban furiosos,
los que siempre guardaban la calma
perdieron los estribos, los que siempre sonreían estaban serios, los que
nunca hablaban, gritaban.

El alcalde lucía una gran figura,
la gordura de la mitad del cuerpo había desaparecido y la otra mitad no
estaba tan delgada. Sonreía como si
fuera el hombre más feliz de la tierra.

Junto a él estaban, también sonrientes, todos los nuncas y los siempres que habían desaparecido de sus pueblos.

En el pueblo llamado De vez en cuando nadie se aburría, ahí vivían los niños que de vez en cuando olvidaban lavarse los dientes, los papás que de vez en cuando se enojaban, los niños que de vez en cuando no anotaban goles, los gallos que de vez en cuando se quedaban dormidos y no cantaban, los niños y las niñas que de vez en cuando no hacían la tarea, los elefantes del circo que de vez en cuando no obedecían a su domador, las señoras que de vez en cuando dejaban quemar la comida y todos los de vez en cuando, de vez en cuando, de vez en cuando...

Los siempreños y nunqueños al ver la alegría de la gente de De vez en cuando recuperaron la calma. Se juntaron y hablaron por largo rato. Cuando terminó la reunión un siempreño anunció que no regresarían a sus pueblos, que se quedarían a vivir en el Pueblo De vez en cuando pues estaban aburridos del siempre siempre y del nunca nunca.

En Pueblo Nunca siguieron viviendo los que nunca creen las historias que les cuentan.

En Pueblo Siempre siguen viviendo los que siempre creen todo lo que escuchan.

Y en Pueblo De vez en cuando viven los que de vez en cuando creen cuentos como éste.

Ojos negros

Ojos Negros jamás sale de casa. Ahí tiene todo lo necesario: un cuarto grande con dos puertas, una que da a la calle y otra por donde entran las visitas. Un sofá-cama lleno de cojines, una mesa, cuatro sillas y un cuadro luminoso que todo el día y toda la noche lanza imágenes con su bla, bla, bla, bla. Nunca está solo, tiene compañía desde muy temprano hasta pasada la medianoche.

Y, para completar su comodidad, sin faltar un solo día, las visitas le llevan una sabrosa comida suficiente para desayunar, almorzar y merendar.

Nada preocupa a Ojos Negros. Es completamente feliz.

• *La primera visita*
Antes de las siete de la mañana llega el primer visitante, recién bañado, con el pelo aún mojado, anudándose la corbata y gritando: "arriba, flojo, es hora de levantarse".

Ojos Negros, de mal humor, despega lentamente los párpados y entre sueños ve a Jorge con un vaso de leche en una mano, una pieza de pan en la otra y la mirada fija en la pantalla.

Todos los días se repite el mismo cuento: la imagen en la pantalla habla sin parar y Jorge, entre tragos de leche y mordidas de pan, también habla y grita. Ojos Negros sabe de memoria lo que va a decir: "¡Qué barbaridad! A dónde iremos a parar con estos precios; ese equipo merecía una goliza, el entrenador no sirve para nada.

Que si esto
marcha bien, que si lo otro
va muy mal..."Y la cara de Jorge cam-
bia de alegre a enojado, de enojado a
furioso, de furioso a feliz de acuerdo
con las palabras de la figura en la
pantalla.

Cuando la voz anuncia: "Éstas
han sido las noticias más importantes

hasta el momento", Jorge sale de casa de Ojos Negros a toda prisa y sin despedirse. Y Ojos Negros se vuelve a acostar y lanza al aire un ronquido tras otro hasta que... llega la

• *Segunda visita*

Cuando el reloj marca las nueve treinta de la mañana, entra Rosario con zapatos tenis, pantalones deportivos y una sonrisa que ocupa casi todo su rostro. Apenas escucha el rechinido de la puerta y percibe el aroma de comida, Ojos Negros se despabila y feliz recibe a Rosario que, aparte de la gran sonrisa, trae su desayuno —que alcanza para comida y cena.

Rosario, igual que Jorge, fija la vista en la pantalla, pero en vez de hablar o de gritar, mueve el cuerpo para un lado y para otro y hace todo lo que la imagen dice: "uno, dos, tres, arriba... uno, dos, tres, abajo... Respirar, expirar... Acostada en el suelo; levantar pierna derecha... levantar pierna izquierda..."

Todos los días Ojos Negros intenta imitar los movimientos que con tanta facilidad hace Rosario, pero es muy torpe para esa clase de ejercicios que anunciaban como "aeróbicos". Así que mientras Rosario se dobla para todos lados, él prefiere tomar su desayuno.

Rosario sale corriendo de casa de Ojos Negros cuando la figura de la pantalla deja de hablar. Pero no tarda en regresar fresca y perfumada, se sienta junto a Ojos Ne-

gros y durante largo rato mira lo que
sucede en el cristal luminoso.

Cerca del mediodía vuelve a
salir diciendo entre
dientes:"tengo que pre-
parar la comida, Ale-
jandro y Mara no
tardan en
llegar".

Sale, igual que Jorge, sin decir palabra.

• *Tercera visita*
Mara y Alejandro nunca fallan, a las tres treinta en punto abren la puerta, se acomodan en el sofá y, por supuesto, fijan la vista en la pantalla. A esas horas hay gran movimiento; las imágenes apenas si caben en el cuadro de cristal: gatos parlanchines, perros dicharacheros, payasos que no hacen reír (a Ojos Negros), monos galácticos, títeres, cantantes y mil imágenes más se amontonan, hablan, gritan, lloran, corren, vuelan...

Muy tarde por la noche, con sueño y cansados, los niños se despiden. De inmediato Ojos Negros se acuesta a dormir y a roncar a sus anchas.

• *La mudanza*
Un día, sin decir una palabra, los cuatro visitantes se mudaron a casa de

Ojos Negros y cerraron con llave la puerta por donde siempre entraban. Rosario no tenía que cocinar pues con sólo marcar un número telefónico alguien les llevaba ricos platillos: pizzas de queso, de pepperoni, de champiñones, pollos rostizados o a la leña, paella, tacos, tortas, helados, palomitas, hasta comida china y japonesa que comían sin levantarse del sofá; así no distraían su atención en otra cosa más que en la pantalla.

Ojos Negros se sentía feliz de estar acompañado de día y de noche y de comer lo que más le gustaba. Las imágenes luminosas ya no le interesaban para nada, era mucho más divertido observar a sus compañeros de vivienda, aunque había algo que le divertía todavía más: una familia de renacuajos que todas las tardes aparecía en la pantalla, lo más gracioso era que los cuatro renacuajos se llamaban igual que sus amigos: Jorgerenacuajo,

Rosariorenacuajo, Alejandrorenacuajo y Mararenacuajo, por suerte no había ningún Ojos Negrosrenacuajo, pues la verdad los renacuajos no se distinguían por guapos, al contrario, eran bastante feos.

Todos los días, sin excepción, Jorge, Rosario y sus hijos estaban atentos a las imágenes que se veían en el cristal luminoso; ya no usaban el teléfono para nada pues no querían distraerse ni un segundo del día ni de la noche; sólo deseaban ver la pantalla.

Después de un tiempo Ojos Negros se aburrió de tener en su casa a unas personas que no le hablaban y no se preocupaban ni un poco por él. Deseó que se fueran y lo dejaran en paz. Pero eso no sucedió. Las visitas no tenían ninguna intención de irse de ahí.

• *El cambio*
La felicidad de Ojos Negros se terminó. Pasaba el día entero dando vueltas en su propia casa. Jorge, Rosario, Alejandro
y Mara

no eran los mismos; todo en ellos había cambiado: los ojos se les habían
salido un poco de su lugar, parecían
dos canicas, la piel tomó un color verde
pálido similar al de las ranas, y estaban tan delgados que parecían títeres
de hilo. No se movían, y aun con los
ojos medio salidos no dejaban de ver
la pantalla. Eso enfurecía a
Ojos Negros.

Pero él también tuvo un cambio: perdió las fuerzas por la falta de comida y tampoco podía moverse, lo único que hacía era dormir.

Estaba tan débil que ni siquiera se oían sus acostumbrados ronquidos.

• *La desaparición*
En el cuarto grande con dos puertas, cuatro sillas, una mesa y un sofá-cama solamente se oían las voces de la pantalla y la respiración de las visitas y de Ojos Negros. Parecía que el tiempo se había detenido en esa casa.

Pero al fin un día se oyeron los bostezos de Ojos Negros y el ruido de su cuerpo que se estiró a lo largo y a lo ancho. Después de un buen rato de tratar de despegar las pestañas y abrir los ojos, logró despertar por completo y levantarse. El sofá estaba vacío. De seguro las visitas se habían marchado. Se llenó de alegría y saltó de felicidad sobre los cojines, sobre la mesa y sobre las sillas.

—Todo volverá a ser igual que antes —pensó—, e imaginó a Jorge despertándolo a las siete de la mañana, a Rosario haciendo gimnasia y a Mara y Alejandro viviendo un sinfín de aventuras.

Pero de pronto miró una puerta, vio la otra y descubrió que las dos estaban cerradas con llave por dentro. La piel se le arrugó. ¡Sus amigos no habían salido! ¿Dónde estarían?

Volteó la vista a la pantalla y ahí, adentro, vio las imágenes de Jorge, de Rosario, de Mara y de Alejandro y... de la familia renacuajo. Parecía que estaban jugando carreras y que sus amigos iban ganando pues llevaban la delantera. Pero lo que sucedía era distinto, la familia renacuajo estaba persiguiendo a sus amigos. Ojos Negros se quedó inmóvil sin saber qué hacer. Cada momento que pasaba los renacuajos acortaban la distancia. Los niños y sus papás, en sus prisas, se caían, se levantaban, se volvían a caer y... Ojos Negros sin poder mover ni los dientes. Su mente también se paralizó, no encontraba la forma de ayudar a sus amigos.

Los movimientos volvieron a su cuerpo cuando escuchó fuertes golpes en la puerta.

—Seguro vienen en mi ayuda —pensó, y con un poco de fuerza y mucha maña abrió la puerta que daba a la calle.

La madre de Rosario y una amiga de Ojos Negros, llamada Ojos Color de Miel, entraron preguntando por las visitas, pues no habían tenido noticias de ellos desde hacía más de dos semanas.

A la madre de Rosario le pasó lo mismo que a Ojos Negros: se quedó inmóvil y con los ojos desorbitados al ver a su familia dentro de la pantalla.

En el cristal luminoso seguía la acción; los renacuajos estaban a punto de alcanzar a los niños y a sus papás cuando de pronto todos desaparecieron.

• *El rescate*
Ojos Negros y Ojos Color de Miel buscaron por todos lados algo que sirviera para salvar a sus amigos. Voltearon la mesa y las sillas al revés, tiraron al suelo los cojines del sofá y ahí encontraron un pequeño aparato lleno de botones. Rosa María se los

arrebató, empezó a oprimir cuanto botón había y al apretar uno que decía "Flashback" (que significa regresar al canal anterior) Rosario, Jorge, Mara y Alejandro aparecieron junto a ellos.

—¡Funcionó! ¡Los he rescatado! —saltó emocionada.

Todos se abrazaron y sin perder tiempo salieron huyendo de esa casa, atravesaron la calle y llegaron al

• *Parque de los Fresnos*
El aire olía a pasto recién cortado. Las nubes, como burbujas pintadas de rojo, tenían atrapado al sol. Los caminos de piedra acabada de lavar lanzaban destellos plateados. Los cisnes del lago empezaban a estirar sus largos cuellos y a deslizarse por el agua. Los carros de golosinas y algodones de dulce esperaban a los primeros compradores.

Ojos Negros y Ojos Color de Miel respiraron profundamente y se recostaron muy juntos bajo las ramas de un fresno.

Rosa María, Rosario y Jorge se sentaron en una banca y silenciosos veían el chorro de agua que salía de la fuente.

Mara y Alejandro corrieron a los columpios y se mecieron lo más alto que pudieron. Ojos Negros no dejaba de observar a sus amigos, los ojos habían vuelto a su lugar, en su piel no quedaba ningún rastro verde, y de flacos no tenían nada. Cualquiera que los viera pensaría que era una familia común y corriente disfrutando la frescura de la mañana antes de empezar las labores del día. Por unos instantes Ojos Negros dudó de todo lo que había sucedido en su casa.

• *El final*
Plenos de la energía del Parque de los Fresnos, subieron a un taxi y se dirigieron a casa de Rosa María.

El auto se detuvo y bajaron de él; en el suelo había un charco lleno de renacuajos que saltaban despreocupados. Por suerte nadie los vio.

Rosario, Jorge, Mara y Alejandro no regresaron más a casa de Ojos Negros.

• *Después del final*
Ojos Negros, moviendo la cola, se despidió de todos. Se fue a vivir con Ojos Color de Miel, que lo esperaba en el jardín ladrando de alegría.

La bruja Coralínea

La bruja Coralínea es dueña de la fábrica de escobas más moderna del mundo.

Ahí se hacen escobas con motores muy potentes, escobas con pedales, escobas papalote o cualquier tipo de escoba que una bruja o brujo moderno necesite.

La bruja Coralínea usa la más grande y más poderosa de todas, fabricada especialmente para ella. Para asegurarse que nadie tiene una escoba como la suya, a diario prende la computadora y le pregunta:

—¿Quién posee la escoba más poderosa del mundo?

—Tú —responde la computadora.

Entonces Coralínea se sube a la poderosa escoba, pasea por alguno de sus países favoritos y después se dirige al trabajo.

La bruja Coralínea no usa sus poderes a menudo, pero le gusta saber que ningún brujo ni bruja tiene una escoba mejor que la suya.

Un domingo, como siempre, hizo la acostumbrada pregunta a la computadora.

—¿Quién posee la escoba más poderosa del mundo?

—La bruja Marilda.

—Estás equivocada. Escucha bien la pregunta, ¿quién posee la escoba más poderosa del mundo?

—La bruja Marilda.

—¿Quién posee la escoba más poderosa del mundo? —repitió furiosa Coralínea.

—La bruja Marilda.

—No puede ser —gritó echando chispas por los ojos.

Temblando del coraje, se subió a su escoba y viajó por varios días. Entró a la casa de todos los brujos y brujas del mundo hasta que encontró a Marilda.

Marilda vivía en una cabaña al lado de un río, era una bruja anciana de pelo blanco y sonrisa bondadosa.

—Esta vieja no puede ser bruja —pensó—, me he equivocado de casa.

Estaba a punto de irse cuando descubrió, recargada en la chimenea, una insignificante escoba de bruja.

Soltó una carcajada al ver la horrible escoba que no podía compararse con la suya, reluciente y poderosa. Muy contenta y aliviada regresó a casa directo a la computadora.

—¿Quién posee la escoba más poderosa del mundo? —preguntó.

—La bruja Marilda.

Desesperada, Coralínea hizo la misma pregunta más de cien veces y siempre obtuvo la misma respuesta. La bruja Marilda, la bruja Marilda, la bruja Marilda...

—Mentira, esa espantosa escoba no puede ser más poderosa que la mía —gritó jalándose el cabello—. ¿Por qué dices que es la más poderosa?

La computadora no respondió. Entonces Coralínea decidió espiar a Marilda y a su escoba. Lo primero que hizo fue comprar un traje de cartero. Después hizo que le fabricaran una escoba-bicicleta.

Al día siguiente, disfrazada de cartero y en su escoba-bicicleta llegó a la cabaña de Marilda. Como era muy bondadosa, la anciana invitó al nuevo cartero a entrar a su casa y le ofreció un pan y leche. Coralínea no dejaba de ver la escoba de bruja más fea que jamás hubiera visto.

—¿Te gusta mi escoba? —preguntó Marilda al percatarse que el cartero no le quitaba la vista de encima.

—Sí —contestó la bruja disfrazada.

—Es la escoba que heredé de mi abuela, Anastalinda.

Al oír esto el cartero, mejor dicho, Coralínea, salió corriendo, subió a la escoba-bicicleta y regresó a casa. No podía creer lo que había sucedido. Todos los brujos y brujas sabían quién era Anastalinda, era la bruja traidora, la bruja buena que había deshonrado a todas las brujas del mundo. Un día desapareció y por más que la buscaron por todos lados nadie la pudo encontrar. Sólo se sabía que su escoba siempre hacía cosas buenas. Y ahora ella, Coralínea, después de tantos años, encontraba la escoba y a Marilda, la nieta (seguro otra bruja buena).

Tendría que destruir esa escoba lo más pronto posible.

Sin ningún disfraz, Coralínea viajó de nuevo a la cabaña de Marilda. Encontró un lugar para esconderse y desde ahí vigiló, por varios días, a la bruja anciana.

Un día que Marilda salió de compras, Coralínea lo aprovechó para entrar en la cabaña, volteó a todos lados para asegurarse que no había nadie alrededor y con su potente escoba aplastó la escoba insignificante de la anciana. Satisfecha dejó todos los pedazos retorcidos en la entrada de la cabaña y regresó a casa.

Marilda, al llegar a su casa y ver los despojos de su querida escoba, no aguantó el dolor y se desmayó.

Los vecinos le dieron a oler alcohol. Cuando volvió en sí, empezó a llorar desconsolada por su escoba.

—Ánimo —exclamaron sus amigos—, el escobero la arreglará. Él compone cepillos, escobetas y escobas a cual más.

Por suerte el escobero pasaba por ahí.

—¿Alguien me llama? —preguntó.

—Mire usted, necesitamos que arregle esta escoba. ¿Será posible?

—He arreglado peores —dijo.Tomó los pedazos retorcidos y los echó en un costal. —Abuela, despreocúpese, mañana tendrá su escoba como nueva.

A pesar de la promesa del escobero, Marilda no pudo dormir esa noche.

Coralínea tampoco pegó los ojos, tenía que asegurarse que los pedazos de la escoba habían ido a parar a la basura. Al día siguiente, disfrazada de lechera, tocó la puerta de la cabaña. La anciana abrió, y como era muy bondadosa, invitó a la nueva lechera a entrar a su casa. Marilda estaba inconsolable, así que le contó a la lechera la tragedia de la escoba.

Coralínea se reía por dentro a carcajadas. No tenía de qué preocuparse; la escoba había quedado inservible. Ya no sería la deshonra de las brujas.

Tanto se reía que no acabó de oír la historia y menos oyó que alguien tocaba a la puerta. Cuando se calmó vio a un hombre, con la insignificante escoba en la mano, parado frente a Marilda.

—Abuela, aquí tiene su escoba, tal como lo prometí, nadie notará que estaba hecha añicos.

Marilda se alegró muchísimo, saltó y corrió ligera por toda la cabaña, loca de felicidad. Después puso la escoba en su lugar, recargada en la chimenea.

Coralínea echaba rayos por los ojos y por la boca, pero cuidó que Marilda no lo notara.

—¿Sabes? —explicó la anciana—, esta escoba guarda un secreto.

—Lo sé —gritó Coralínea y salió corriendo.

—¡Qué extraño!, la lechera huyó igual que el cartero —pensó la anciana, pero estaba tan contenta que pronto se olvidó del asunto.

Cuando Coralínea llegó a casa, llamó a consejo a los brujos y brujas de su confianza. Les contó su descubrimiento y todo lo que había hecho para destruir la escoba de Marilda.

—Tendremos que sacar esa escoba de la cabaña y desaparecerla para siempre —agregó.

A los pocos días otro brujo disfrazado tocó a la puerta de la cabaña y le dijo a la anciana que el vecino de enfrente la llamaba con urgencia.

Marilda salió de inmediato y el brujo y otros más entraron a la casa de Marilda, tomaron la insignificante escoba y salieron volando al lugar más lejano que encontraron. Ahí estaban Coralínea y todos los brujos y brujas de su confianza.

Hicieron en la tierra un hoyo muy profundo y enterraron la escoba.

Apenas llegó a casa, Coralínea se dirigió a la computadora y le preguntó:

—¿Quién posee la escoba más poderosa del mundo?

—La bruja Marilda.

—¡Imposible! —gritó y en ese mismo instante desconectó la computadora y mandó comprar otra y otra... Compró más de mil computadoras y todas contestaban lo mismo: la bruja Marilda.

Mientras tanto, cuando Marilda se dio cuenta de que la habían engañado para que saliera de su casa, y que la escoba había desaparecido, se sentó en un sillón y no dejó de llorar por más de treinta días.

Un hombre que pasaba por ahí preguntó a los vecinos quién lloraba tanto.

—La anciana Marilda, que ha perdido su querida escoba.

Al hombre le saltó el corazón.

—Me gustaría conocer a la anciana —pidió a los vecinos.

Se la presentaron.

—Debes ser la nieta de Anastalinda, te le pareces tanto —dijo el hombre al verla.

Sorprendida, Marilda miró fijamente al hombre y reconoció al primo Polo. ¡Hacía tanto tiempo que no lo veía!

El primo Polo nunca ejerció el oficio de brujo pero sabía todos los secretos de la familia, especialmente los de la abuela Anastalinda. Y además siempre llegaba a los sitios en el momento justo en que lo necesitaban.

—Seca esas lágrimas, Marilda, y prepárate para hacer un largo viaje.

Polo y Marilda viajaron en avión, en barco, en tren y en autobús hasta llegar a una colina donde había un gran palacio.

Polo guió a la anciana por los pasillos del palacio y entraron a un gran salón con una chimenea al centro. Recargada en ella se encontraba la escoba desaparecida. Marilda la tomó en sus manos y la abrazó.

—¿Cómo vino a dar aquí? —preguntó extrañada.

—Antes de morir, la abuela Anastalinda hechizó la escoba para que cuando corriera algún peligro o fuera destrozada volviera a su lugar de origen. En este palacio Anastalinda fabricó la escoba que heredaste y que sólo tú puedes poseer.

Polo le contó a Marilda todo lo que había sucedido con la escoba y la bruja Coralínea.

—Te la puedes llevar. Sube en ella y regresa a casa —aconsejó el primo Polo.

Marilda, como era muy bondadosa, perdonó a Coralínea y subió muy contenta a la escoba. Pero ésta, en vez de llevarla a su casa, se dirigió al pueblo de Coralínea.

Cuando los pobladores vieron esa rara escoba que parecía cometa y a la hermosa anciana que brillaba como una estrella, todos la saludaron y aplaudieron admirados.

Coralínea, al reconocer a Marilda y su escoba, se encerró en su casa y después, a causa de la rabia, perdió el sentido.

Nadie la ha visto desde ese día.

Nada

—No sé quién soy. No sé mi nombre ni de dónde vengo.

Estoy atrapado en la pantalla de la computadora EPS 121264.

Seguramente soy invisible porque Eduardo, su dueño, no ha notado mi presencia.

Cada que maneja el teclado le grito que me saque de aquí. Pero ni me ve ni me oye.

¡Mmm! ¡Un momento! Parece que Eduardo me ha descubierto. Está llamando a su hermano Fernando.

—¿Qué oyes? —pregunta.

—Nada —contesta Fernando.

—Pon atención —ruega Eduardo—. ¿Oyes algo?

—Nada —repite Fernando y sale del cuarto.

—¡Qué alegría! Ya sé mi nombre. Me llamo Nada.

Pero la felicidad de Nada duró muy poco. Todos los días, desde su encierro, veía a Eduardo escribir y escribir sin darse cuenta de que él estaba ahí adentro.

Una tarde Eduardo escribió la palabra FANTASMA y en la pantalla apareció la siguiente información: "Ser invisible. No se sabe de dónde viene".

Nada brincó de alegría. Por fin sabía quién era: ¡Un fantasma!

Gritó con todas sus fuerzas para que Eduardo lo oyera y lo salvara. Pero como de costumbre no lo escuchó. Eduardo estaba muy atento a la lectura sobre los fantasmas:

"Se dice que viven en palacios, bosques, teatros, cementerios o en cualquier lugar".

Al leer esto, Nada no cabía de felicidad. Con seguridad en todos esos lugares encontraría a sus familiares.

—Eduardo, aquí estoy. Soy el fantasma Nada. Sácame de esta prisión —gritó más fuerte.

Pero Eduardo tampoco lo escuchó esta vez.

Nada se quedó muy triste pensando que jamás saldría de esa pantalla.

Pasaron varias semanas y una tarde sucedió algo extraño. Nada se percató de que las cosas no marchaban bien. Eduardo escribía y volvía a escribir y todas las palabras aparecían revueltas en la pantalla.

—Esta computadora no sirve. Tendré que desarmarla —gritó muy enojado Eduardo.

Nada tuvo miedo. Nunca había oído a Eduardo gritar tan fuerte.

El niño sacó un desarmador de su estuche de herramientas y

empezó a quitar los tornillos. Cuando quitó el último, Nada sintió un aire muy frío y la luz lo deslumbró.

Notó que podía moverse con toda libertad. Dudoso, trató de atravesar la pantalla.

Y para su sorpresa salió sin dificultad de su encierro. Feliz empezó a danzar.

—Por fin soy libre. Mírame, Eduardo, soy el fantasma Nada.

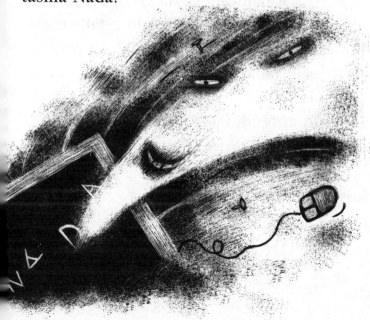

Pero Eduardo seguía muy ocupado poniendo y quitando tornillos, y por supuesto no escuchó nada.

Mejor dicho a Nada.

El fantasma no esperó más y salió por la ventana en busca de sus parientes. Pero se encontró con un problema: no sabía dónde vivían.

Tuvo que regresar al cuarto de la computadora EPS 121264 para ver cómo obtenía Eduardo la información.

Cuando llegó, la computadora ya estaba armada y Eduardo estaba escribiendo.

Nada observó con mucha atención todo lo que hacía el niño y rápido aprendió a manejar el teclado.

Cuando se quedó solo, oprimió las teclas:

P A L A C I O S

Infinidad de letras luminosas aparecieron en la pantalla y formaron una lista muy larga. En primer lugar decía:

Palacio de los príncipes Duris-lintis.

Habitantes: ninguno.

Nada pensó que NINGUNO era un fantasma y de inmediato salió a buscarlo.

Pero hasta el día de hoy, ninguno sabe nada de Nada.

—¿Te gusta mi escoba? —preguntó Marilda al percatarse que el cartero no le quitaba la vista de encima.

—Sí —contestó la bruja disfrazada.

—Es la escoba que heredé de mi abuela, Anastalinda.

Al oír esto el cartero, mejor dicho, Coralínea, salió corriendo, subió a la escoba-bicicleta y regresó a casa. No podía creer lo que había sucedido. Todos los brujos y brujas sabían quién era Anastalinda, era la bruja traidora, la bruja buena que había deshonrado a todas las brujas del mundo. Un día desapareció y por más que la buscaron por todos lados nadie la pudo encontrar. Sólo se sabía que su escoba siempre hacía cosas buenas. Y ahora ella, Coralínea, después de tantos años, encontraba la escoba y a Marilda, la nieta (seguro otra bruja buena).

Tendría que destruir esa escoba lo más pronto posible.

Sin ningún disfraz, Coralínea viajó de nuevo a la cabaña de Marilda. Encontró un lugar para esconderse y desde ahí vigiló, por varios días, a la bruja anciana.

Un día que Marilda salió de compras, Coralínea lo aprovechó para entrar en la cabaña, volteó a todos lados para asegurarse que no había nadie alrededor y con su potente escoba aplastó la escoba insignificante de la anciana. Satisfecha dejó todos los pedazos retorcidos en la entrada de la cabaña y regresó a casa.

Marilda, al llegar a su casa y ver los despojos de su querida escoba, no aguantó el dolor y se desmayó.

Los vecinos le dieron a oler alcohol. Cuando volvió en sí, empezó a llorar desconsolada por su escoba.

—Ánimo —exclamaron sus amigos—, el escobero la arreglará. Él compone cepillos, escobetas y escobas a cual más.

Cuentos de Todo y de Nada terminó de
imprimirse en febrero de 1999, en Gráficas La
Prensa, S.A. de C.V. Prolongación de Pino No. 577,
Col. Arenal, C. P. 02980, México, D.F.
Cuidado de la edición: Marta Llorens y
Diego Mejía Eguiluz.

Cuentos de Todo y de Nada terminó de
imprimirse en febrero de 1999, en Gráficas La
Prensa, S.A. de C.V. Prolongación de Pino No. 577,
Col. Arenal, C. P. 02980, México, D.F.
Cuidado de la edición: Marta Llorens y
Diego Mejía Eguiluz.